The HOME Team

Montreal Canadiens®

For #6 Dylan have fun on the ice!

Mon équipe:
Canadiens^{MD} de Montréal

Holly Preston

Auteure / Author: Holly Preston

Illustrateur / Illustrator: James Hearne

Always Books Ltd.

Mon équipe™: Canadiens^MD de Montréal

The Home Team est une marque déposée de Always Books limitée.

Texte et illustrations © 2015 LNH.
Tous droits réservés.

Il est interdit de reproduire le contenu de la présente publication, l'emmagasiner dans un système d'extraction, ou de le transmettre sous quelque forme ou par quelque moyen que ce soit, sans autorisation préalable de l'éditeur.

Publié par l'entreprise Friesens, Altona, Manitoba, Canada
Avril 2015
Ouvrage # 212147

Catalogage avant publication de Bibliothèque et Archives Canada

Preston, Holly, auteure
Montreal Canadiens® / author, Holly Preston ; illustrator, James Hearne
= Canadiens^MD de Montreal / l'auteure, Holly Preston ; l'illustrateur, James Hearne.

(The home team = Mon équipe)
Texte en français et en anglais.
ISBN 978-0-9938974-4-3 (couverture souple)

1. Canadiens^MD de Montréal (Équipe de hockey)--Romans, nouvelles, etc. pour la jeunesse. I. Hearne, James, 1972-, illustrateur II. Preston, Holly. Montreal Canadiens®. III. Preston, Holly. Montreal Canadiens®. Français. IV. Titre. V. Titre: Canadiens de Montréal®. VI. Collection: Preston, Holly. Home team (Calgary, Alb.).

PS8631.R467M66 2015   jC813'.6   C2015-902495-1F

Mise en page: James Hearne

NHL, l'emblème NHL, LNH, et l'emblème LNH, sont des marques de commerce déposées et la marque sous forme de mots « NHL Mascots », sont des marques de commerce de la Ligue Nationale de Hockey. Tous les logotypes et toutes les marques de la LNH, y compris les images des Mascottes de la LNH, mais sans s'y limiter, ainsi que les logotypes et les marques des équipes de la LNH illustrés aux présentes, appartiennent à la LNH et à ses équipes respectives et ne peuvent être reproduits sans le consentement préalable écrit de NHL Enterprises, L.P. © LNH 2015. Tous droits réservés.

The Home Team™: Montreal Canadiens®

The Home Team is a trademark of Always Books Ltd.

Text and illustrations © 2015 NHL.
All rights reserved.

No part of this publication may be reproduced, stored in a retrieval system or transmitted, in any form or by any means, without the prior written consent of the publisher.

Manufactured by Friesens Corporation in Altona, MB, Canada
April 2015
Job # 212147

Library and Archives Canada Cataloguing in Publication

Preston, Holly, author
Montreal Canadiens® / author, Holly Preston ; illustrator, James Hearne
= Canadiens de Montréal® / l'auteure, Holly Preston ; l'illustrateur, James Hearne.

(The home team = Mon équipe)
Text in English and French.
ISBN 978-0-9938974-4-3 (pbk.)

1. Montreal Canadiens (Hockey team)--Juvenile fiction. I. Hearne, James, 1972-, illustrator II. Preston, Holly. Montreal Canadiens®. III. Preston, Holly. Montreal Canadians®. French. IV. Title. V. Title: Canadiens de Montréal®. VI. Series: Preston, Holly. Home team (Calgary, Alta.).

PS8631.R467M66 2015   jC813'.6   C2015-902495-1E

Layout by James Hearne

NHL and the NHL Shield are registered trademarks and NHL Mascots is a trademark of the National Hockey League. All NHL logos and marks and NHL team logos and marks, including but not limited to, the images of the NHL Mascots, are trademarks of the NHL and the respective teams and may not be reproduced without the prior written consent of NHL Enterprises, L.P. © NHL 2015 All Rights Reserved.

FSC
www.fsc.org

MIXTE
Papier issu de sources responsables
FSC® C016245

FSC
www.fsc.org

MIX
Paper from responsible sources
FSC® C016245

Always Books Ltd.

AFANFORLIFE.COM

Pour les jeunes amateurs des CANADIENS^{MD}
qui savent que leur équipe est incomparable.

For all young CANADIENS® fans
who know there's no team like ours!

Il n'y a rien de mieux que de jouer au hockey ...

There was nothing better than playing hockey ...

... à part regarder jouer les CANADIENS DE MONTRÉAL.

... except watching hockey when the **MONTREAL CANADIENS** played.

Maxime est un attaquant, Samuel est défenseur et Zacharie est gardien de but.
Chacun d'eux joue à une position différente, mais ils ont tous un rêve : pouvoir
un jour jouer pour les CANADIENS DE MONTRÉAL.

Maxime played forward. Samuel played defence. Zacharie was in goal.
The boys played different positions. They had the same dream:
to one day play for the **MONTREAL CANADIENS.**

Après avoir patiné et s'être amusé toute la journée, Maxime s'endort facilement et rêve à son sport préféré.

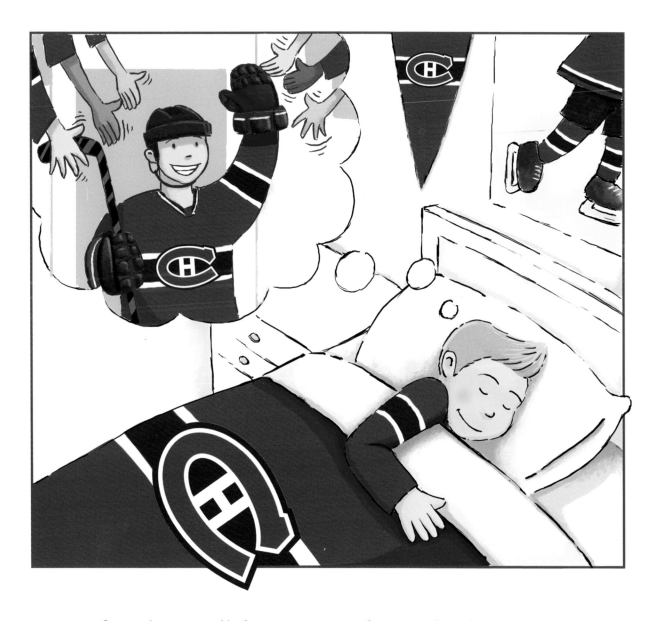

Even after playing all day, Maxime dreamed only about hockey.

Il y a cependant un léger problème : Maxime n'a jamais réussi à marquer de but. Pas un seul. En fait, il manque de précision, il tire trop haut, trop bas, trop à droite ou trop à gauche. La rondelle va dans toutes les directions, mais jamais dans le but.

The only problem was Maxime never scored. Ever.
The puck went high. The puck went low.
The puck went everywhere but where it was supposed to go.

Comment vais-je parvenir à jouer un jour pour les **CANADIENS** *?* se demande
Maxime. Sa sœur Catherine était la meilleure marqueuse du quartier.

How can I ever play for the **CANADIENS**? Maxime wondered.
His sister Catherine was the best goal scorer in the neighbourhood.

"Avant d'évoluer avec les CANADIENS, les hockeyeurs ont été de jeunes garçons Maxime, tout comme toi, souligne son papa. Ils ont travaillé fort pour atteindre la Ligue nationale."

"The **CANADIENS** were little boys once, too, Maxime," his dad said. "They didn't become hockey stars overnight."

Sa maman ajoute qu'il lui est possible d'en apprendre encore plus en regardant le hockey à la télévision. Elle adore les **CANADIENS** depuis toujours.

His mom said, "You can learn a lot by watching what the **CANADIENS** do."
She'd been a **CANADIENS** fan forever.

Les CANADIENS sont d'excellents patineurs.

The **CANADIENS** are great skaters.

Ils effectuent des jeux remarquables.

They make big plays.

Ils LANCENT et COMPENT!

They shoot. They score!

Le gardien de but fait des millions d'arrêts spectaculaires

And make a million saves.

Samuel croit que la seule façon de s'améliorer est de s'entraîner très fort, car les efforts sont souvent récompensés. Les jeunes ont reçu la plus belle surprise de leur vie : assister à un match des CANADIENS .

"The only way to get better is to practise," said Samuel.
And so they practised hard. And then came the best suprise they'd ever had.
"We're going to a **CANADIENS** game!"Zacharie yelled.

Lors du match des CANADIENS, le meilleur marqueur de l'équipe n'a pas réussi à compter. Maxime ne comprend pas pourquoi et il trouve cela étrange.

But at the game, the CANADIENS' top scorer wasn't scoring at all!
"Something is wrong," said Maxime.

Le lendemain, Maxime trouve une chaîne sur la glace à la patinoire. Il l'a garde fièrement à son cou. Et drôle de hasard, il a réussi à enfiler ses deux premiers buts ce jour-là. Sa soeur Catherine croit que la chaîne est un porte-bonheur.

The next day on the way to the rink, Maxime found a shiny chain.
He put it on and ... he got a goal! And then another one!
"That's a good luck charm, for sure," Catherine said.

"Le meilleur joueur des CANADIENS a perdu sa chaîne porte-bonheur, dit Papa. C'est peut-être pour cette raison qu'ils ne compte plus de but." Les enfants savent que les joueurs de hockey sont superstitieux. Ils savent aussi où se trouve la chaîne...

"Our player lost his good luck charm, kids," said Dad. "Maybe *that's* why he hasn't been scoring." The children knew hockey players were superstitious. They also knew where that charm was ...

... et ils ont posé le bon geste.

... and what they had to do next!

Maxime saute sur l'occasion. "Que dois-je faire pour devenir un joueur des CANADIENS DE MONTRÉAL?"

Maxime seized the moment.
"What does it take to play for the **MONTREAL CANADIENS**?" he asked.

Jouer en équipe...

Play like a team ...

... et avec coeur et passion.

... and with heart.

Ne jamais abandonner.

Never give up.

Et croire en son talent.

Believe in yourself.

Zacharie est convaincu que les CANADIENS sont les meilleurs de la Ligue nationale. Samuel ajoute qu'ils seront des fans pour toujours.

"The **CANADIENS** are the greatest team in the NHL," said Samuel.
"We're going to be **CANADIENS** fans forever," added Zacharie.

Chacun y a trouvé son compte.

Everything was the way it should be.

La semaine suivante, Maxime s'est mis à l'entraînement. Il n'avait plus de porte-bonheur, mais il possédait une chose : il avait confiance en lui.

All the next week Maxime practised and practised.
He no longer had the good luck charm, but he had something else —
he believed in himself.

Et c'est tout ce dont il avait besoin.

And that was all he really needed.

Comme tous les joueurs de hockey, il sait par contre que la chance contribue parfois au succès ...

But Maxime, like all hockey players, knew a little luck always helps ...

...particulièrement quand on joue pour remporter la Coupe^{MC} Stanley!

... especially when you're playing for the Stanley Cup®!

L'AUTEURE / AUTHOR
Holly Preston
Holly a fait carrière comme journaliste à CTV et CBC. Elle a grandi en regardant le hockey à la télévision en compagnie de son frère et de son père. Aujourd'hui, elle écrit des livres jeunesse portant sur les équipes sportives professionnelles. Elle espère que les partisans des Canadiens apprécieront le livre et que celui-ci permettra aux jeunes d'aimer la lecture.

Holly Preston is a journalist who worked for CTV and CBC.
She grew up watching NHL hockey with her brother and father. Now she creates children's picture books for professional sports teams. She hopes Canadiens fans will enjoy having a book that celebrates their home team and encourages young fans to find a love of reading.

L'ILLUSTRATEUR / ILLUSTRATOR

James Hearne
Né à Londres, James a débuté sa carrière artistique à l'âge de huit ans en vendant ses dessins aux clients de l'hôtel appartenant à ses grands-parents. Aujourd'hui, il poursuit sa passion en vendant ses illustrations partout à travers le monde. Il adore le hockey.

Born in London, England, James began his art career at the tender age of eight, selling drawings to guests at his grandparents' hotel. He continues to sell his whimsical illustrations around the globe as a full-time illustrator and full-time hockey fan.

ADAPTATION

Marc-Éric Bouchard
Marc-Éric est commentateur sportif à ICI Radio-Canada dans l'ouest canadien. Originaire du Québec, il couvre l'actualité sportive depuis plus de 15 ans. Il est un passionné de sport depuis son tout jeune âge.

Marc-Eric is a sportscaster for CBC FRENCH for Western Canada. Born and raised in Quebec, he has covered sports for over 15 years. Sports has been his real passion since a young age.